KB110947

하늘이 바다가 푸른 이유는

소통과 힐링의 시

하늘이 바다가 푸른 이유는

이인환 엮음

출판 이안

소통과 힐링의 시

하늘이 바다가 푸른 이유는

초판 인쇄 | 2018년 1월 10일
초판 발행 | 2018년 1월 12일

지은이 | 이인환

펴낸곳 | 출판이안

펴낸이 | 이인환
등　록 | 2010년 제2010-4호
편　집 | 이도경, 김민주
주　소 | 경기도 이천시 호법면 단천리 414-6
전　화 | 031)636-7464, 010-2538-8468
팩　스 | 070-8283-7467
인　쇄 | 세종피앤피
이메일 | yakyeo@hanmail.net

ISBN : 979-11-85772-48-6 (03810)

「이 도서의 국립중앙도서관 출판예정도서목록(CIP)은 서지정보유통지원시스템 홈페이지(http://seoji.nl.go.kr)와 국가자료공동목록시스템(http://www.nl.go.kr/kolisnet)에서 이용하실 수 있습니다. (CIP제어번호 : CIPCIP2017034854)」

값 10,000원

빙판

매일 걷던 길이 더 위험하다
낯선 길은 살피기라도 하지만
몸에 밴 익숙함으로 걷다 보면
아차차 꽈다당

매일 만나는 사람도 그렇다
익숙함으로만 대하다 보면
어느 한 순간
에고고 벌러덩

빙판

1부 하늘이 바다가 푸른 이유는

2부 지구별에서 잘 한 게 뭐냐고?

3부 찾기만 하면 우르르 뛰쳐나오는

4부 사람이 따르는 사람이 되고 싶거든

5부 꽃밭엔 온통 환한 웃음이 출렁이고

6부 농익어 가는 연륜의 깊이로

부록/ 소통과 힐링의 시창작교실 공개강좌 중에서

잠 잃은 밤에 달님 하나

환하게 미소 짓고 있습니다

잠 못 들면 어떤가요?

아, 당신

당신이 있는데

1부

하늘이 바다가 푸른 이유는

나에게 쓰는 편지

길에는 어디에나 외로움이 도열해 있었다
애써 시끌벅적 큰 길 찾아 다녀도
내게 주어진 몫은 언제나 외줄기

나는 그 외길에 홀로 익숙치 못해
운명처럼 달라붙은 그리움을 보듬고
모든 게 여물어 가는 가을 들판에서
나는 어떻게 여물어야 하나
바람 구름 풀 이슬 햇살 더불어
길 없는 길
길 아닌 길
헤쳐도 보았지

내게 주어진 길은 언제나 외줄기
길에는 어디서나 외로움이 반기고 있었다
그리움은 언제나 운명처럼 따라붙고 있었다

물결

함께 하는 건 언제나 흔들리는 일이다
너무 흔들려 힘이 들 때는
골짝골짝 도랑도랑 졸졸이 모여들어
여럿이 함께 하는 커다란 물의 마을
호수로 가서 흔들리는 마음을 담가보자
미세 바람 조금만 머물러도
나뭇가지에 매달려 안간힘 쓰다쓰다
마지막 힘까지 내려놓은 가녀린 낙엽에도
흔들흔들 물결 이루며 햇살을 품는
맑은 호수로 가서 마음을 흠씬 담가보자
흔들리는 건 언제나 함께 하는 일이다
함께 하는 건 누구나 흔들리는 일이다
물결처럼 바람 낙엽 햇살처럼

하늘이 바다가 푸른 이유는

하늘이 바다가 푸른 이유는
하늘 아래 땅 위에 사는 사람들의
가슴을 들여다 보니 사람마다
누구나 시퍼런 멍을 품고 살기에
그 시퍼런 멍을 풀어주려고
그 시퍼런 멍에 제각각 흘린 눈물을 풀어
위로 뜬 것은 하늘로 색칠을 하고
아래로 가라앉은 것은
바다로 쏟아 부었기 때문인 거야

파란 하늘을 보면 후련하기도 하지만
간혹 눈물이 더욱 시린 이유가 거기 있지
하늘도 너무 아프면 어쩔 수 없는 거야
흰 구름 먹구름 슬쩍슬쩍 가려도 보고
그래도 터질 것 같은 가슴이면
나도 힘들다고 알아 좀 달라고
쏟아도 붓는 거지
하늘 아래
바라기만 하는 사람에게로

푸른 바다를 찾으면 탁 트이기도 하지만
자칫 힘을 주체하지 못한 파도에 휩쓸려

더 큰 상처를 받는 이유도 거기에 있는 거야
멈추면 한시라도 가만히 있으면
굳어진 멍들이 더 큰 멍으로 엉켜들까 봐
파도가 끊임없이 흔들어 대는 건데
바라기만 하다가 된통 당하는 거지
바다도 힘겨우면 어쩔 수 없는 거야
적당히 아파하라고
정 힘들 때만 소리쳐 보라고
가끔가끔 높은 파고 올려주는 거야

그대여 매순간

홀로 남아본 사람은 안다
외로움보다 그리움이 더 쉽게
노을에 물든다는 것을

외로움이야 가끔 갈매기
구름 바람에 출렁이는
물결에 적셔라도 보지만

그리움은 노을이 구름이
바람에 출렁일수록 더욱
짙어가는 어스름의 끝자락

어둠이 눈부신 이유를 아는가
그대 벽지도 가로등도
뜬 눈으로 새는 밤을 아는가

홀로 남아본 사람은 안다
눈부신 추억 한 자락이
얼마나 큰 위안이 되는지

안다 가슴 시리게 안다
그대여 매순간
눈부신 추억으로 함께 하라

사랑싸움

베란다에 토란을 심었습니다
매일매일 정성 들여 마음 줬더니
방방긋 눈을 맞춰 줍니다

그런데 웬일인가요 어느 순간
자꾸자꾸 제게서 등을 돌리더니
창밖만 내다 봅니다

저 좀 봐달라고 돌려놓고
또 돌려놓아도 그때뿐
시나브로 창밖을 향합니다

뭐라고요? 제가
싫어서가 아니라 햇살을 좇는
기질 때문이라고요?

압니다 저도 압니다
그래도 마주 보고픈 걸
어쩌나요?

저 좀 봐달라고 돌려놓고
또 돌려야 하는 것은
사랑을 좇는 저의 운명인 것을

새벽비

좋아하는 걸 어떻게 알고 새벽길 오셨나요
나도 이처럼 가끔씩 새벽길 달려
그대 창에 머물다 옵니다

마음만은 날마다 달려가고 싶지만
그러다 보면 시나브로
반길 수 없는 불청객 전락할까 봐
어쩌다 가끔씩 흠뻑 젖은 마음으로
그대 새벽창에 머물다 옵니다

몰라도 좋아요 영영
좋아하는 건 내 몫이고
그리움은 거부 못할 운명입니다

익숙할 법도 하기에 언제나 지척에서
밤을 잊게 만드는 가로등 십자가
눈부신 네온사인 탓할 마음 없습니다
지독한 불면은 누구탓 아니요
오롯이 품어야 할 그대 향한 숙명입니다

좋아하는 걸 어떻게 알고 새벽길 오셨나요
그리움은 좋아하는 자의 천형이라
달아난 새벽잠은 천형으로 달게 받으렵니다

그대 향한 길

오랜 세월 한 자리에서 햇살만 좇아
햇살 쪽으로만 기운 고목을 보았습니다
그러다 힘에 부쳐
부러져 나간 가지도 보았습니다

오직 그대만 좇아
그대 향해 기울어진 내 마음도
저와 같아
그대 쪽으로 마냥 기울어만 갑니다

햇살만 바라보다 햇살에 다쳐
부러져가는 가지처럼
내 어딘가도
이 순간 부러지고 있겠지요

기둥이 굵을수록 뿌리가 깊을수록
풍파도 깊이 스며드는 법
오로지 그대 향한 길
바람소리 새소리 깊깊이 스며듭니다

등대

보고 싶어 바다에 왔습니다
언제나 그 자리 갈매기
햇살 노을 너울너울

그리움은 오늘도 남아있는 자의 몫
바다가 눈물에 스며들지 않는 이유는
그대가 바다를 떠나지 못하는 까닭이겠죠

내가 바다를 찾는 이유는 자칫
놓치기 쉬운 이생의 그리움 챙겨주는
든든한 그대가 있기 때문입니다

보고 싶어 바다에 왔습니다
변함없는 그 자리 오롯이 지키며
남아있는 자의 몫을 챙겨주는
그대가 있기에

그 바닷가

이런 식으로 올 줄 알았다
그리움은 결코 홀로 오지 못하고
꼭 이런 식으로 올 줄 알았다

물결도 바람도 그대로
최고로 모시겠다는
호객도 그대로

조개구이뿐이랴
해물칼국수 줄기에도
주렁주렁

결코 홀로 오지 못하는 그리움
낙조에 더욱 아른이며
꼭 이런 식으로 올 줄 알았다

홀로 핀 꽃

몸에 병이 잦으니
꽃도 홀로
핀 꽃만 보이더라

병이야 약으로 달래지만
이 독한 외로움은
무엇으로 달래나

그래도 웃어주니 반갑다
그대여 언제나
함께 해주니 고맙다

해바라기

닮아서 좋은 게 많으면 흉내라도 내야 한다
모양이라도 따르다 보면 처한 곳이 대수랴
활짝 화알짝
흉내라도 내다 보면
세상은 그렇게 내 세상
하늘이 우주가 나를 중심으로
그래 그렇게 해처럼
화알짝
활짝 화알짝

나무 곁에서

1.

어설피 아파 본 사람이 말한다
죽지 않은 아픔쯤이야 그런대로
다 살 만한 과정이라고

어쩌면 그러다 둔감해 진 거
아닌지 몰라 웬만한 타인의
아픔에는 쉽게 눈돌리는
그런 사람이 되어버린 건지 몰라

2.

너는 다 잘려나가고 기둥만 남은
나무가 아플 거라고 했다
난 그것도 운명이라 했다

넌 운명이 너무 가혹하다고 했다
난 그것도 받아 들여야 한다고 했다
그래야 살 수 있는 세상이라고

3.

크게 아파본 사람은 안다
운명은 쉽게 입에 담을 게 아니라고
어쩌면 나무가
입을 닫은 이유인지 몰라

넌 그렇게 운명처럼 떠나고
난 아직도 나무결을
서성서성
햇살은 시리고 바람은 차다

고문

잊지 못하겠는데
잊으라는 말
잊어야 한다는 말

안다 안다 그 말
그 마음
정말 알겠다

그런데 그런데 어쩌란 말이냐
그 말이 그 마음이
더 아픈 걸

차라리 들어주오
잡아주오
안아주오

고문을 멈춰주오
눈물이
끝날 때까지

위안

산이 가까우니 가까운 곳에서
뻐꾸기가 울었다
가끔 소쩍새도 울었다

풀숲 더미 근처에선 가꾸지 않은
작약도 아이리스도
뜨거운 햇살 아래 울고 있었다

고마워요
울어줘서
함께 해 줘서

기찻길

기차길에 서면 분명히 보인다
똑같은 거리여도
가까이 있는 것은 크게 보이고
멀리 있는 것은 작게 보이는

그러므로 우리가 어째서
왜 좀더 가까이
가까이 서야 하는지

우리 어쩌다 작게 보이면
그래서 마음이 너무 아프거든
기차길에 서보자
그대여
기차길에 서면
기차길에 서면

첫눈 소식

기다림은 모두 설렘으로 물들었으면
그대를 그리는 나와 같이
첫눈 같은
설렘으로 물들었으면

감질 나는 언질에도
희끄무레한 기별에도
오롯이 첫눈 같은
설렘으로 물들었으면

그리움도 모두 첫눈으로 물들었으면
설렘으로 가득 찬
처음 만난 그때처럼
애오라지 첫눈으로 물들었으면

겨울 우산

이왕이면 함박눈이 좋겠지만
더러는 진눈깨비 싸락눈이라도
함께 우산 받들 수 있으면 좋겠네

사랑은 함께 걷는 것
행복은 사랑으로 받드는 것
함박눈이라면 더 좋지만
살얼음 빙판길이라도
함께 우산 받들 수 있으면 좋겠네

가까이 조금 더 가까이
보폭 맞추며 함께 걷는 길
겨울이 추위가 대수랴
사랑이 행복이 동행하는데

2부

지구별에서 잘 한 게 뭐냐고?

뱃살 홍정

긴장했나 보다 취업 한 달
위염증세로 힘들어 하는 딸아이
며칠 새 미역죽 시금치 된장죽
저녁 해달라더니

미안했나 보다 치킨 쏠까요 아빠
마침 티비 광고에 비치는
최신식 한 마리
툭 내던진다

치킨이면 맥준데 맥주는 배부르고
배부르면 뱃살인데 이 뱃살 어쩐다냐
좋아요 싫어요
너무너무 좋은데 이 뱃살은 어쩐다냐
말만이라도 좋고 뱃살도 책임 져주면 더 좋고

그래서 좋다는 거예요 싫다는 거예요
그까짓 월급 얼마나 된다고 맥주 대신 소주로
잔소리 없으면 더 좋고 뱃살도 이런데
뱃살까지 책임 져주면 더 좋고
좋고 좋고

횡설수설 뱃살타령
눈치 빠른 딸아이
뱃살은 책임질 수 없다며
손해보는 뱃살타령 훙정에도
헤헤실실

결정 장애

아빠 뭐 잡숫고 싶으세요
첫 월급 기념으로 한 턱 쏠게요
음 음 아무거나 딸이 좋은 걸로
그래도 제가 쏘는 건데 아빠가 골라야죠
삼겹살이면 좋은데 갈비도 좋고
그것도 좋지만 더 좋은 것도 좋아요

음 뭐가 더 좋을까 음
딸도 좋아하고 나도 좋은 거
음 더 좋은 게 뭐가 있을까 음
음 아무거나 다 좋은데 음
음 오늘은
음 뭐라도 다 좋은데

이럴 줄 알았으면 미리 생각해 둘 걸
뭔가 근사하고 죽을 때까지 가져갈
오래 남을 듯한 그럴 걸로
미리 생각해 둘 걸
음 음 뭐가 좋을까
뭐가 좋을까

아빠가 좋은 걸로요 오늘은
제가 쏘는 날이잖아요
음 음 뭐가 좋을까
음 음 삽겹살에 소주면 좋은데
음 음 세상에서 제일로
행복한 결정 장애

딸들

하늘의 꽃들이 내려왔나 보다 내 곁으로
우러러만 봤더니 곁에 두고 보라고
하늘이 선물로 내렸나 보다
온통 우주를 머금은 진주 같던 봉오리
세월 따라 절로 절로
활짝 화알짝
좀체 빠져나올 수 없는 향기를 풍기니
어찌 취하지 않을 수 있나
어찌 하늘에 감사하지 않을 수 있나
오늘도 햇살 따라 싱글싱글 벙벙글

딸바보라고요?

먼 훗날 아주 먼 훗날 너 살아 있었을 때
지구별에서 제일 잘 한 게 뭐냐고
예수님 부처님 공자님 소크라테스 알라님
누구라도 묻거든 두 딸 만들어 놓고 왔다고
머리 조아리며 아뢰겠습니다
여름 땡볕 아빠 얼굴 타면 안 된다고
선크림 챙겨주는 고운 딸들
예쁘게 만들어 놓고 왔다고 연신연신
조아리고 또 조아릴테요

더 놀다 오라고 그 예쁜 딸들 남겨놓고
어떻게 왔냐며 발로 엉덩이 차서
다시 지구별로 내동댕이 칠 때까지

아버지처럼

빨간 팬티
빨간 양말

큰딸이 챙겨준
예쁜 마음
둘 다
자랑하고 싶지만

드러내 놓고 보여줄 수 없어
허리살 핑계로 슬쩍
바지 끝단으로
슬쩍

어느새 아버지처럼
빨간 내복
슬쩍쓸쩍 드러내시던
아버지처럼

딸이 있음에

와이셔츠 김치국물 튀겨도
헤벌레 고춧가루 이빨
타박을 해도

나와봐라 나와봐라
이보다 이쁜 딸
예쁜 꽃 세상에
우주에 또 어디 있더냐

마냥 마냥 헤실실
세상이
우주가 모두
내 꺼다 내 꺼

또 어버이날

차라리 돈으로 줘라
이 놈의 꽃은
버리기도 아깝더라

정말 그랬을까?
정말 꽃이 좋은 줄
몰라 그랬을까?

장날 멋대가리 없이
꽃 화분 하나 검정 봉다리로
풀어놓던 아버지

어린이날 한 번도 챙겨주지 못해
미안하다 미안하다시던 어머니
그 날은 어김없이 오는데

뭐가 좋아 아빠
뭐가 좋을까 아빠
운동화는 어때

조잘조잘 딸아이
됐다 됐어

그깐 것들이 소주만 하겠냐

어느 새 멀리 떠나신
아버지 어머니 맘에도 없는
말들만 새록새록

취준생 딸에게

지금의 선택이 전부라고 여기지 마라
하다 그만 둬도 한 만큼은 남는다

저 봐라 때이른 날씨에 얼굴 내민 꽃도
혹독한 꽃샘추위 탓하지 않는다

나왔다 지면 또 나오면 그뿐이고
그러다 저러다 만개도 하고 열매도 맺고

매순간 선택이 최선이라 여겨라
최선이 모이고 모이면 그것이 최선이다

눈치 보지 말고 햇살처럼
조바심 내지 말고 꽃처럼

밝고 환하게 그래 그렇게
평소처럼 일상처럼 당당하게

면접대기실에서

사람을 만나는 건 즐거운 일인데
어쩌다 이렇게 만나 온몸 떨리게 하나

함부로 평가하지 마라
자리 바뀌면 후회하리라

하여 두려워 마라
떨지 말란 말이다

어차피 사람 만나는 일은
가슴 설레는 일

햇살이 미소 짓듯
그래 그렇게 당당히

졸업하는 딸에게

그때가 좋았다고
언젠가 너도
말할 날 있으리라

졸업 중에 최고는
그때가 좋았다는
꽃향내 졸업

지금처럼만 밝고 해맑게
햇살도 함께 하는 미소로
꽃향도 시샘하는 젊음으로

꿋꿋이 당당하게
들뜨지 말고
놓치지 말고

그래 그래
지금
이렇게 좋은 마음으로

꽃처럼

어떻게 하면 사랑 받냐고?
별거 있나 웃어주니 사랑 받지
울고 싶을 땐 들을새라 깊은 밤
달 별 어둠 벗 삼아 울어도 보고
날새면 걱정할까 이슬이라 속여가며
아무렇지 않은 듯
만나는 이 누구라도
어디서나 웃어주니
사랑 받지

해변의 부모들

우리 부모들에겐 아이가 바다다
파도 따라 바람 따라 웃으면
함께 웃고 놀라면 더 크게 호들갑

휩쓸릴 새라 넘어질 새라
햇살도 갈매기도 오롯이
아장아장 아이의 호기심 따라

부모가 다 저러 하더라
여저기 펼쳐진 사랑의 향연
행복이 저러 하더라

좋은 기억 하나라도 더 챙겨주려고
모든 동선 하나의 초점
찰칵찰칵

우리 부모들에겐
오로지
아이가 바다다

쌀비

배부를 때 내미는 밥은 밥이 아니다
사랑이 넘칠 때 보태는
사랑은 사랑이 아닐 수 있다
가뭄에 타는 태양이
장마에 보태는 빗줄기가
우리가 바라는 세상이 아니듯

쌀비가 되자 쌀비가 되자
그대여 우리
더도 말고 덜도 말고
딱 요만큼
눈치코치 잘 챙기는
쌀비가 되자

우리도 꽃들처럼

먼저 핀 꽃이 먼저 가더라
나중 핀 꽃이 오래 가더라

양달이라 힘주지 마라
응달이라 주눅 들지 마라

꽃들은 양달 응달
먼저 나중 가리지 않고

먼저 나와 환하게 웃어주고
나중 나와 오롯이 함께 하더라

먼저라고 자랑 마라
늦었다고 서러워 마라

우리도 꽃들처럼
언제나 함께여서
오래 웃는 꽃들처럼

3부

찾기만 하면 우르르 뛰쳐나오는

설봉산

어느 고을이건 고을마다
고을 사람들의 성정을 품은 봉우리가 있다

위로 위로
홀로 홀로 높이 솟아
낮게 낮게 더불어 사는 사람들
우러르게 하는 봉우리가 있는가 하면

옆으로 옆으로 함께 함께 고을 사람들 발길을
품어주는 봉우리 같지 않은 봉우리가 있다

오라 내게로 오라 언제든 시름이든 설움이든
어깨 무겁거든 구름이든 바람이든 햇살이든

발길 가볍게 너나들이 성정을 품은 옆으로 옆으로
더불어 더불어 누천 년 지켜온 설봉으로 오라

퍽퍽한 발걸음 축여주는 호수가 있고
봉우리 성정에 녹아든 이천 고을 사랑이 있다

오라 내게로 오라 누구든 한숨이든 눈물이든
발길 무겁거든 산새든 숲이든 샘터이든

마음 가벼이 가온누리 자리를 지켜온 낮게 낮게
펑펑이 펑펑이 품어주는 설봉으로 오라

어느 고을이건 고을마다
고을 사람들의 성정을 닮은 봉우리가 있다

설봉예찬

숲을 따라 숲으로
호수 찾아 호수로

구름 햇살 바람
풍요한 대지 위에

세상에서 제일 소중한
사람과 더불어
사람에 사는

이천의 보금자리
넉넉한
우리네 사랑

향수

지나고 나니 모두 별이 되었다
마차를 끌던 늙은 암소가 길 한복판에
듬성듬성 떨구었던 흐끈흐끈했던 쇠똥도
써래질 질퍽질퍽한 흙탕물 위로
굵은 땀과 함께 뒤집어 썼던 쇠오줌 줄기도
모든 걸 넉넉한 미소로 받아들이던
새카만 아버지 고랑 고랑도
좁은 논두렁 새참 광주리 머리에 이고
아슬아슬 곡예를 하던 어머니
갸날프면서도 굳센 목의 심줄도
지나고 나니 모두
길을 밝히는 별이 되었다
세상에서 제일 값진 나침반이 되었다

곧은 길

곧은 길을 만났습니다 고향에서
어렸을 땐 보기 힘들었던
여저기 흔한 직선길을 만났습니다
포장도 잘 되어 있어
돌부리 걱정 없이 쭈욱 달렸습니다
풀줄기 돌부리 무성하던 둑방길
오솔길 지름길 샛길로 걸었던 추억은
먼 하늘 구름이 삼켜버리고
곧게 뻗은 포장길 곧은 길
힘 하나 안 들이고
자동차로 쭈욱 달렸습니다

문득 어려서부터 이렇게
곧은 길만 달렸다면 지금의 나는
어떤 모습이었을까 차창을 열고
바람에게 물어 보았습니다
바람은 말없이 차창을 때리고
곧은 길일수록 조심하라
급한 길일수록 더욱 살펴라
메뚜기 풀벌레 빨간 잠자리
조곤조곤 속삭이며 고향을 지켜줍니다

산수유

꽃으로 제일 먼저 오셔서
약으로 가장 오래도록 머무셨습니다

네 집 내 집 담장 대문 허물없어
앵두 살구 자두 채 여물기도 전에
먼저 손타는 아이들이 임자였던 시절

동네 한가운데 굳건히 자리 지키며
초롱초롱 알알이
환한 미소로 철철이

쓰니까 약이다
약이니까 오래 간다
어머니 목소리 두 귀에 박아주시며

꽃으로 제일 먼저 오셔서
약으로 가장 오래도록 머무셨습니다

메꽃

나팔꽃인 줄 알았습니다 가을이
여무는 콘크리트 농로에서
만난 반가움 에스엔에스 띄웠다가
당신의 이름 찾아주는 이 만났습니다
아, 무심했던 세월
나이 먹을수록 더 신중해야 하는데
익숙한 것에 더 빨리 달라붙는
안다는 무의식의 착각
함께 했던 세월조차 깜빡깜빡
돌이켜 보니 당신뿐이 아니었네요
안다는 착각으로 상처 준 이들
화끈화끈 호되게 스쳐갑니다

그래도 아무렇지 않게 웃어주는 당신
당신이 있어 배워갑니다
슬그머니 당신 이름 일러준
따뜻한 이웃의 마음을 챙겨봅니다
변한 게 많아 더욱 쓸쓸했던
고향길 콘크리트 농로에서
맑게 웃어주는 당신이 있어
나이 먹을수록 더 신중히
배워야 할 게 많음을 얻어갑니다

통

분명히 통배추 모종이라 했다
통통한 통배추 고갱이를 떠올리며
베란다 햇살 좋은 자리에
작은 통 서너 개로
어머니 텃밭 흉내를 내보았다

통이 커야 혀 사람은
자기 통만큼 크는 거여
그러니 매사에 통 크게 생각혀

분명히 통배추 모종이라 했는데
얼갈이 줄기도 못된 것이
어느 순간 문득
통 통 통
자식에게 큰 통 챙겨주지 못해
늘 안쓰러워 하시다
먼 길 떠나신 어머니를 모셔왔다

보고 계신가요 어머니
지금의 제 통은 어떠한가요
된장국 우거지는 커녕
얼갈이 줄기도 키우지 못한
작은 통으로 물을 뿌리며
어머니를 그리워합니다

고구마꽃

어머니 고구마꽃 피었습니다
꽃이 풍년이면 배 곯는다며
나팔꽃 위장한 줄기 속
똑똑
순을 따던 어머니
그 예쁜 고구마꽃 피었습니다

고구마꽃 피었습니다 아버지
줄기가 우거지면 배 곯는다며
우거진 줄기 줄기 속으로
백년에야 한 번 볼까말까 한다던
꽃의 싹을
쑥싹
낫 도리질 하시던 아버지
고구마꽃 예쁘게 피었습니다

화롯불 구황음식 옛추억입니다
수수대 윗목을 가득 채웠던
고구마 없이도 한겨울 끄덕없습니다
굳이 꽃순 따지 않아도
애써 낫도리질 하지 않아도
배 곯는 걱정할 일 없어졌습니다

오세요 어서 오세요
예쁜 고구마꽃 피었습니다
어머니 아버지 더이상
배 곯는 일일랑 걱정 마시고
오세요 어서 오세요
우거진 줄기 줄기
화사한 고구마꽃 피었습니다

냉이무침

부모님 잠 드신 곳에 냉이가 지천입니다
첫직장 구한 딸과 함께 인사 갔습니다
부모님 잠깐 뵙고 봄향에 취했습니다

냉이무침 먹고 싶다며 아빠 솜씨 기대한다길래
된장국은 몰라도 무침은 해 본 적 없어
할 수 없어 미안하다 했습니다

실망한 딸아이 집에 돌아와
인터넷 뒤지더니 온전한
봄향기 밥상위에 차려놓았습니다

부모님 잠 드신 곳에 봄이 지천입니다
햇살도 바람도 오롯이 향긋향긋
딸아이 미소가 봄향으로 피어 올랐습니다

반지꽃

친숙한 대로 불리는 건 축복이다
제비꽃 오랑캐 병아리 앉은뱅이
장수꽃 씨름꽃

부르기만 하면 우르르 튀쳐나오는
친하디 친한
내게는 영원한 반지꽃

언제나 변두리
지천으로
봄바람 살살랑

새끼손가락 걸었던
유년의 추억
햇살에 초로롱

박꽃

그 집 앞에 서면 가슴을 풀어 헤쳐 보고 싶다
심장 한 웅큼 하얀 핏덩이 뭉쳐 있을 것만 같아
거기만 딱 거기만 뜨겁게 타버려
새하얀 화석으로 굳어버린
지독한 그리움의 결정체
오롯이 펼쳐 보이는
아, 박꽃
그 박꽃

조롱박

어디선들 반갑지 않으랴
그럼에도 역시
고향집이 제 자리

당신도 그러합니까
저는 언제나
그러합디다

언제나 그대로일 것 같았던
아버지 어머니
빈 자리

햇살 한 가득
조롱조롱
조로롱

아람

툭
옹골진 그리움이 차창을 때렸다
계절에 홀려 들어선 호젓한 산길
잔뜩 여물어 있던 그리움이
후두둑
터지고 있었다

살며시 다가온
햇살 바람 다람쥐 하나 되어
옹골진 그리움 털어주고 있었다
그래 털어라 털어
남김없이 털어
가을은 털어내는 계절
가지 끝에 매달린 잎새도
속살속살
토닥토닥
함께 하고 있었다

깍두기를 보면

해장국도 설렁탕도 순두부도 아니다
맛있다 맛있다 연신 되뇌시던 어머니
모처럼 아들 따라 외식 나와서
맛있다 맛있다 깍두기가 참 맛있다

깍두기 앞에 앉으면 해장국보다
설렁탕 순두부보다 먼저 살아오는
잊지 못하지 그 깍두기맛을
내가 잊지 못하지 연신 되뇌시며
앙상한 손 놓으시던 어머니

어머니는 하늘에만 계신 게 아니다
모든 기억 내려놓고 안쓰러이
미소 짓던 어머니는
해장국 설렁탕 순두부집
그 어디에나 가까운 곳에 계시다

대봉

가을 장날이면 가끔씩 어머니 만나러 시장에 간다
유독 감을 좋아하셨던 어머니
단감 떫은 감 가리지 않고 좋아하셨던 어머니

어머니 장보따리엔 유난히 파찌가 많았다
장날 떨이라는 거 나중에 알았다
언제나 떫은 감은 어머니 몫

모든 기억 내려놓고 병원에 가셨을 때
대봉 한 봉지 달랑 사들고 온 아들
초점 잃은 미소로 반겨주시더니

고맙다 고맙다 되뇌시다
끝내 다시 오지 못할 먼 길 떠나신 어머니
장날이면 가끔 어머니 만나러 시장에 간다

더러는 어머니 환한 미소가
알짜배기 대봉으로 살아오신다
장거리 왁자지껄 어머니 숨결 포근하다

순대국

그리움은 입안에도 한 가득
어느 하나에도 머물지 않은 곳이 없다
냄새조차 맡기 힘들어 하던
순대국 앞에 놓고 문득
입이 짧아 험한 세상 어찌 살겠냐며
먹성이 좋아야 잘 산다던 어머니 말씀
어른어른 어른이 되어
애써 찾은 맛집 허름한 식탁에
송글송글 새겨진 세월을 헤어본다
세월이 새겨놓은 그리움을 챙겨본다
그리움은 입안에도 한 가득
어느 하나에도 머물지 않은 곳이 없다

아까시 향내

뻐꾸기 두견이 까치집 정겨운
산골만이 아니어서 좋다

아버지 어머니 잠들어 계신
고향만이 아니어서 더욱 좋다

고속도로 아스팔트 가로변
아파트 빌딩 숲 어디라도
머무는 곳이라면

무더기 무더기 한철이나마
향긋한 미소 날려주는
그대가 정말 좋다

4부

사람이 따르는 사람이 되고 싶거든

화수분

원하면 바로바로 챙겨주는
그런 사람이고 싶습니다
그런데 그러지 못하고
챙겨받는 사람이 되고 있습니다
원할 때마다 챙겨주느라 힘드시지요
그대는 화수분 나의 화수분
힘들면 말해주세요
원하는 걸 말해주세요
나도 화수분 그대의 화수분
원하면 바로바로 챙겨주는
그런 사람이고 싶습니다

안다, 꽃샘추위

때가 아니라고 말하지 마라
더 기다리라 말하지 마라
꽃샘추위에 스러지는 것이
어디 일찍 고개 내민 목련뿐이랴
배 허옇게 뒤집어 지는 한이 있어도
뒤따라 나올 동료를 위해
먼저 얼굴 내밀어 보는 개구리도 있다

저절로 오지 않는다
봄은
누군가 먼저 발 내딛고
누군가 먼저 노래 부를 때
조금이라도 더 빨리 온다
봄은
우리의 봄은

영산홍

자기만의 색깔이 분명한 것은
뜨거운 햇살 아래
맨 살로 서야 하는 용기

각오하라 그대여 홀로
분명한 색깔 드러내는 것은
스스로 불러들인 천형

햇살 따갑다 이 봄
유독 눈시린 바람에
산새소리 더욱 처연하다

선택의 책임은 오로지 자신
견뎌야 한다
오롯이
이겨야 한다

자기만의 색깔이 분명한 것은
뜨거운 햇살 아래
맨 살을 드러내는 용기

바닷가에서

사람이 따르는 사람이 되고 싶거든
사람을 따르는 갈매기가 넘치는
바닷가로 와보라

갈매기가 따르는 건 새우깡만이 아니다
저들이 따르는 건 낮게 군무하는
노동의 대가를
정당하게 지불하는 사람들

더불어 더불어 호호 깔깔
즐길 줄 아는 사람들
받기보다 먼저
줄 줄 아는 사람들

사람이 따르는 사람이 되고 싶거든
사람을 따르는 갈매기가 넘치는
바닷가로 와보라

또 꽃잎 진다

다행이다 그대여
기다리면 반드시 온다는 것을 알기에
불현듯 쏟아지는 그리움
이겨낼 수 있어 정말 다행이다

딱 살 만큼 오더라 살아보니
그리움도 기다림도
무너질 만하면
때맞춰
털어주는 바람 있더라

슬프다고 슬픔에 취하지 마라
아프다고 아픔에 빠지지 마라
이 봄 이렇게
또 꽃잎 진다

꽃길이 아름다운 건 그리움과
기다림이 함께 여물기 때문
함께 걷던 자리에 곱게 여문 그리움
훌훌 털어주는 바람이 있기 때문

순간에 취하지 마라

너무 한 쪽에 빠지지 마라
이 봄 이렇게
또 꽃잎 진다

여물고 여물어 가득 채워진
진한 그리움
훌훌 털어 보라고
이 봄 이렇게
또 꽃잎 진다

꽃 진 자리

꽃 진 자리에 새순 났다
얽어졌던 무릎에 새살 났다

너무 깊이 머물지 말자
오래 머무는 슬픔에 속지 말자

밤새 꽃잎 떨군 빗물에 햇살 더욱 따스하다
멈칫 눈물 떨군 호수에 하늘 더욱 선명하다

너무 꽃 진 자리에 머물지 말자
오래 머무는 아픔에 빠지지 말자

외로움도 깊어지니 숨 쉴 만하다
그리움도 익숙하니 살 만하다

목비

소원이 이뤄질 때까지 빌고 또 빌기에
백프로 맞아 떨어진다는
인디언의 기우제가 아니어도

세상은 어떻게든 살기 마련이라는
절대적인 믿음이
백프로 맞아 떨어질 확률은
절망을 이겨내는 최고의 선물

그대여 기다림이 길다고 좌절 말자
힘들다고 너무 힘들다고 포기 말자
갈증이 깊으면 깊을수록
타고 또 타들어가는 세월이 길수록
점점 더 백 프로
확신을 심어주는 희망의 전령

목비 내린다 그대 내게
살기 마련이라고 세상은
어떻게든 살기 마련이라며
시원한
목비 내린다

7월의 태양

한때가 있다 누구나
열정이 최고로 타오를 때
하늘은
그만의 무대를 펼친다

7월은 태양의 무대
열정을 깨우는 태양은
하늘이 내린 최고의 주연
절정의 한때를 사른다

천둥 번개 소나기 장마 폭풍우
더러는 송두리째 흔들어 놓고
아무 일 없다는 듯 또다시
이글지글

챙겨보라 하네 그대여
7월은 태양의 무대
나의 한때는 어떠한가
오롯이 열정을 챙겨보라 하네

이른 낙엽

앞서는 건 언제나 외로운 것
잔설 속 망울로
꽃샘바람 칼바람 맞으며
햇살보다 먼저 봄소식 전하던
새싹의 패기 생생한데

앞서는 건 언제나 외로운 것
누군들 미련 없으랴
갈 때도 올 때처럼
누구보다 먼저 초연히
생멸을 전하며
가을 햇살 속으로
스러지는 그대

9월의 노래

여무는 소리 가득한 계절은 얼마나 아름다운가
저 홀로 잔뜩 여문 그리움이 터질 것 같으면
9월의 노래 흐르는 들녘으로 가보자

벼는 벼대로 서로를 의지해 수근수근
바람결 따라 가득 여문 한생을 보듬고
풀섶의 잠자리 미꾸라지 도랑물까지
옹골지게 여물어 계절을 함께 한다

들어봐 들어봐 여기저기 온통 여무는 소리
그리움이 가슴 시린 건 저 홀로 여물기 때문
여무는 소리 가득 찬 9월의 향연에
미처 함께 녹아들지 못한 때문

여무는 소리 가득한 계절은 얼마나 아름다운가
저 홀로 잔뜩 키운 그리움 터질 것 같으면
여무는 소리 가득가득 출렁이는
9월의 노래 함께 해보자

빈 집

떠나기만 하고 찾는 이 없는
기다림엔 무너짐이
또아리를 틀고 있었다

떠날 거면 소유까지 털고 가지
미련마저 털고 가지
어쩌자고 무너지는
기다림만 도사리게 하는가

이 무너짐의 또아리를 풀어주오
이 독한 기다림의 도사림을 달래주오
다시 함께 할 마음 없다면
누구에게라도
미련없이 소유를 넘겨주오
남는 이에게
숨통이나 트고 살게 해주오
이 욕심뿐인 사람아

겨울 산수유

오늘은 누구보다 새빨갛게
타오르는 열정을 만났습니다

찬바람도 훌훌 털어낸
계절의 길목

분명한 자기 색깔
오롯이 지켜내며

너는 무엇이 있느냐
너만의 색깔은

묻고 또 묻는 뜨겁고
화끈한 도발을 만났습니다

열무김치

며칠 전 내가 사는 이천의 농협마트에서
칠천 원 넘어 잔뜩 기 죽이던 열무가
딸래미 자취방 있는 대전 동구 마트에
좀더 푸짐한 몸매로
천구백 원에 반기고 있다
국민 입에 달고 사는 이들에게 국민이 없고
노벨평화상 있는 곳에 평화가 거의 없듯이
농협마트 있는 곳에 농민은 거의 없다
그나마 다행인 것은
내가 담근 열무김치엔
열무가 있다는 것

시도 열무김치 담그는 마음으로
재료를 구해야 할 텐데
열무김치 익는 냄새에 취하고 있다

웃자란 벼

처음엔 좋았겠지
비료 농약 듬뿍듬뿍
온갖 정성 애지중지
너른 논
저 홀로 쑥쑥
제 키만 돋보였으니

어쩔까나 며칠 장마비에
무너져 내린
처참한 웃자란 벼
더불어 더불어
스스로 버티는 힘
키워주지 못한
자신을 탓해야지

자식농사 매한가지
좋아마라
우쭐 마라
장마비 폭풍우에
스스로 서는 힘
키워주지 못하면
웃자란 벼 무너져 내린
저 모습이 내 모습이라

땡감 고목

가꾸지 않으면 땡감처럼 된다
가지치고 접붙이고
솎아주지 않으면 감도 아니고
고염도 아닌
어정쩡이 된다며
귀따갑게 퍼붓던 소리

치워라
까치집 여유롭다
손 타지 않은
어정쩡이 고목에
한생이 듬뿍 여물었다

담쟁이 겨울나기

1.

아파 아팠겠구나
정말 아팠겠구나

어떻게 기어오른 벽인데
어떻게 뿌리 내린 세월인데

한 시절 이기지 못해 산산이 부서지다니
아파 아팠겠구나 정말 아팠겠구나

2.

사람이다 때로는 못된
사람이 제일 큰 시련이다

북풍한설 눈보라도 움츠리면
이러저러 한때 스쳐 이겨낼 운명이지만

누구더냐 애써 발길질 손길질
뿌리째 흔들어 댄 참으로 못된 사람

3.

어쩔거나 어쩔거나 다시
또 훌훌 털고 오롯이

언땅 스며든 봄기운 찾아
햇살 이슬 몽우리 새싹처럼

다시 또 다시 악착스레 끈질기게
탓하기보다 묵묵히 민초들처럼

먼지잼 같은 사람아

언제나 먼지잼처럼 맴도는 사람이 있다
뭔가 해줄 듯 해줄 듯하면서도
겨우겨우 목마름만 달래놓고
매매번 애태우게 만드는 사람

그냥 해주면 좋지 않은가
필요할 때 필요한 만큼
원할 때 원하는 대로 해주면 좋지 않은가
이 못된 사람아

기다릴 때 와주는 사람이 최고다
달랄 때 아낌없이 주는 사람이 최고다
이 못난 사람아
먼지잼 같은 무심한 사람아

5부

꽃밭엔 온통 환한 웃음이 출렁이고

골목길

꽃을 심는 이를 보았습니다
예전엔 이웃들 정 넘치던 길이었는데
지금은 쓰레기뿐이야 여기 봐
이렇게 하면 좋아질까
혹시나 해서 심어 보는 거야
송글송글 진한 향내가 풍겼습니다
이웃의 정겨운 미소가 환히 빛났습니다

꽃밭

꽃밭엔 온통 환한 웃음이 출렁이고 있었다
오롯이 사람 사는 진면목이 펼쳐져 있었다
풋풋한 십대 솔로 이삼십대 쌍쌍이
육칠십 아재 아줌마 쭈그렁 배불뚝이
꽃밭에선 누구나 꽃이 되었다

꽃밭에 살자 그대여
종종
아주 종종
우리 꽃밭에 살자

시가 있는 골목길

꽃이 피었습니다 활짝
그 옛날 순이 철이 동무들 술래잡기
앞옆뒷집 너나들이 울려퍼지던
골목골목 정겨운 웃음소리
화알짝 화알짝
꽃으로 피었습니다

마중물

목이 타면 탈수록
깊은 곳의
물줄기 끌어올리기 위해
정성스레 마중물을 따라붓던
어머니의 마음으로
그래 그렇게
간절하면 할수록
더더욱 그렇게

가마솥

퍼주고 퍼줘도 퍼줄 게 남아
뜨끈뜨끈 미소 풍기며
넉넉한 인심 나누던
어머니 아버지
윗집 아랫집 아저씨 아주머니
푸근히 살아 오신다
그대만 보면
그대
앞에만 서면

산책

꽃 피면 꽃길 따라
비 오면 빗방울 좇아
눈 오면 눈 맞으며
퍼내고 또 퍼내는
시심의 창고

알죠?
이 길은 언제나
그대로 향한 길이란 걸

옥수수

세월이 여물수록 옹골지게 맺히는 그리움
타닥타닥 모깃불 하얀 연기 하늘로 솟아
별과 더불어 새하얀 은하수로 흐를 때
흙마당 멍석 위에 새까만 얼굴들
알알이 유독 하얀 이빨 드러내며
활짝 피웠던 한여름밤의 웃음꽃
여물면 여물수록
옹골지게 살아오는 그리움

텃밭

요기 어머니 얼굴 하나
조기 아버지 기척 하나

옹종기 미소 짓는
사랑의 화수분

고향

다행이다 이렇게
기다려 주는
추억 있어서

먼 길 떠나신 아버지 어머니
시나브로 무너져 내린 옆집 똘이네
집 담장 무성한 잡목초

다행이다 이렇게
기다려주는 아람 햇살
대추 땡감 박꽃 잠자리

폐가

내 안에 살던 네가 떠난 날부터
시나브로 나는 대책없이
무너지고만 있다
누구라도 대신 들어오게 만들고
떠날 일이지
너는 어쩌다 이렇게
기다림의 상처만 키우고 있느냐

추석

추어국수 좋아하시던
아버지 닮은
토박이 작은형

소박한 논도랑
아쉬움 달랠 만치
챙겨온 살뜰한 그리움

좋아라 좋아
어쩌다 찾는
고향이지만

석양에 잠긴 추억들
보따리로 풀어놓는
아름다운 밤

기일

죽어도 가지 않을 것 같던 세월이 흘렀다
애써 헤지 않았는데 흘러간 상처의 시간이었다

세상에서 제일 어리석은 일은
돌이킬 수 없는 세월을 헤는 짓

알면서도 알면서도 차곡차곡 채워지는
그리움에 몸부림치던 숱한 날들이여

잊을 때도 되지 않았더냐 이제는
몸뚱이도 세월 따라 삭아가는데

어쩌란 말이냐 여전히 세월 헤는
독한 그리움은 갈수록 생생한데

죽어도 가지 않을 것 같던 세월이 흐른다
애써 헤지 않아도 흐르는 시간이다

언제나 사랑

밤새워 내린 눈에 먼 동이 반갑다
시린 입김에 햇살이 정겹다

털모자 잠바에 마알간 눈망울
두툼한 목도리에 빠알간 두 볼

그대도 생각하는가
그렇게 빠졌던 우리 사랑

깊으면 깊은 대로
아프면 아픈 대로

밤에는 밤노래
새벽에는 새벽노래

사진 한 장

어딨냐고 묻지 않아도 좋다
지금 뭐 하냐고
잔뜩 쟁여든 그리움
굳이 들어주지 않아도 좋다

자꾸 풀어지는 신발끈
행여 놓칠새라
졸래졸래
따라 잡지 않아도

그대는 내 그리움의 포로
내 가슴은
그리움만
채우는 철창

어딨냐고 지금 뭐 하냐고
묻지 않아도
보기만 해도
보고만 있어도
마냥
좋다

모닥불

모닥불 같은 사람이 있다
겨울이 깊을수록 트인 곳에서
뜨거운 가슴 확 풀어 놓고
두루두루
모여들게 하는 사람

어디에나 꼭 모닥불 같은 사람이 있다
추우면 추울수록 더욱 빛나는 사람
꼭 필요할 때 있어주는 사람

토란

토란을 심으리라
베란다 햇살 좋은 곳에

왜냐고?
그냥 그냥
빗방울 또로록
큰 눈망울
톡톡

아무 일 아니란듯
금방금방
생긋
그대처럼

베란다에 머문 풍요

상추 고추 아욱 케일 토마토
보는 것만으로도
좋다 했는데

빈틈없이 채워주는구나
햇살 따라 한두 잎
시나브로

추억 속 텃밭의 풍요가
쏘옥 쑤욱
조조롱

흉내

큰 힘을 얻었습니다 지난 봄과 여름
때로는 흉내만 내도 그대 곁에
머물 수 있다는 중요한 걸 알았습니다

토란 토마토 고추 눈에 잘 띄는
베란다에 심어놓고 틈틈이
물만 뿌리며 흉내만 냈는데
물방울 또록또록 잎새 넓은 토란
올망졸망 해맑은 토마토 몇 알
화끈화끈 청양 고추
충분히 함께 할 수 있었습니다

언제나 잘 보이는 곳에
그대 그리움 가득
긴 흉내에 들어갑니다
햇살 듬뿍 눈물 같은 이슬 간간이
별빛 머금은 지독한 불면
밤마다 채워가며
그대 그리움
흉내놀이에 흠씬 빠져봅니다

들꽃

산수유 목련 개나리 진달래
그 화려했던 벚꽃 향연
줄줄이
머물다간 자리에

찾는 이 없어도
올망졸망
반지꽃 시계꽃 잔디꽃
지천으로
미소짓고 있었습니다

점점이 낮낮게 펴지는
향내가 따사한
햇살로 빛나고 있었습니다
잔잔한 행복이 꽃 피고 있었습니다

6부

농익어 가는 연륜의 깊이로

관점

편한 대로만 걷다 보면 발밑에 머물게 된다
왜 고개를 들어 수시로
하늘을 챙겨야 하는지
편한 대로 추락만 하는 낙엽을 보라
애써 불편을 감수할 수 있는 것은
너와 나 우리 사람만의 특권
아래로만 향하는 낙엽보다
간혹 새파란 하늘 붉게 물들이며
우리만의 특권에 도발하는
빳빳이 치켜든 가지 끝
아찔한 단풍 잎새를 보라
아, 그래 그래
편한 대로만 걷다 보면
발밑에 뒹그는 추락에만 머물게 된다

길

누구나 걷고 싶은 길에는 사람이 있다
오솔길 고갯길 지름길일수록
더 많은 사람이 있다

걷고 싶은 길을 만나거든 그대여
걸음을 멈추고 잠시 가슴을 열어 보라
곳곳의 사람을 숨결로 만나 보라

길에는 사람이 있다
걷고 싶은 길일수록
절절한 사연의 사람이 있다

쇠락

쇠락하는 모든 것에는 세월이 물들어 있다
바람결에 화르륵 잎새 터는 고목에
마른 잎 몇장처럼 뒤집어 쓴 들꽃 한생에
버팀목 삭아 무너져 내린 산책길 벤치에
세상 만물 그 무엇 하나에도
절대 공평 공정한
누구도 피할 수 없는 세월이
쇠락하는 모든 것에 속속이 물들어 있다
어떤 쇠락에도 깨지지 않는
천명天命의 거울 챙겨주고 있다
슬픔에 너무 빠지지 마라
아픔에 너무 머물지 마라
쇠락은 당연한 세월의 일부
당연한 것은 당연한 것으로 받아 들여라
영혼의 거울 챙겨주고 있다

독

생긴 건 다 생긴 대로 자리가 있다
작은 건 작은 대로 큰 건 큰 대로
배불뚝이 홀쭉이 꺽다리 생긴 대로
다 어울리는 자리가 있다
깨졌다 버리지 마라
어느 자리에 서면
꼭 필요한 풍광을 채워주는
비단 잉어보다 더할 나위 없는
관상용 보석일 수도 있다
생긴 건 다 생긴 대로 자리가 있다

감

감이 떨어지는 건 추락이 아니라 선물이다
위로 위로 향하던 욕망을 내려놓고
아래로 아래로 챙기라는 하늘의 뜻이다
감 떨어졌다 낙심 말자
여물어가는 세월의 선물이다
좀더 느긋이
좀더 여유로이
감보다 깊은 사색으로
농익어 가는 연륜의 깊이로
뉘일 곳 찾아 그렇게
좀더 아래로 아래로

폐지 줍는 할머니

새벽부터 논과 밭으로 나가셨던
어머니가 저기 계시다
그때는 논밭 일거리라도 있으니 좋았다
지금은 일하고 싶어도 일할 곳 없어
박스 하나라도 더 줍는
저 속에 우리 어머니가 있다

새벽 네 시

소죽 끓이던 아버지 기척이 들린다
쥐구멍으로 스며든 매캐한 연기
방안 가득 점령한 새벽 네 시

흙벽에 너덜해진 벽지를 타고
일어나라 어서 일어나라
부지런히 흔들어 대던 새벽 네 시

벽

아버지는 그때 소를 팔아 벽을 뚫어 주셨지
등록금 마감 촉박한 철벽 바람도 구름도 어쩌지 못해 헉헉거릴 때
술냄새 풀풀
해머보다 더 센 힘으로 벽을 뚫어 주셨지

아버지는 그때 노가다 땀으로 벽을 헤쳐 주셨지
월세방 전세방 팍팍 은행도 가방끈도 어쩌지 못해 헉헉 철벽으로 몰렸을 때
소주 막걸리 풀풀
도리깨보다 더 센 힘으로 벽을 헤쳐 주셨지

갈대를 보면

갈대를 보면 눈물이 난다
서투른 낫질로 소꼴도
제대로 못 벤다고 혼내시며
뭐든 잘해야 밥 빌어먹는다던 아버지

서툰 낫질보다 억센 풀잎에
베인 손가락 핏물이
뚜욱 뚝
누구를 탓하랴

갈대를 보면 눈물이 난다
소쿠리 가득 능숙한 아버지
그 고단한 소꼴 낫도리질에도
억세게 살아남은 몸짓

바람이 불면 좌로 우로
장마비 몰아치면 진흙탕
낮은 포복으로
억세게 질기게

한겨울 혹한에도 살아남아
바람에게 구름에게 미소짓는
갈대를 보면 눈물이 난다
뭐든 잘해야 밥 빌어먹는다며
혼 나던 그 설움의 눈물이

가난한 애비의 노래

딸아이 주민등록 초본에도 줄 하나 늘었겠다
자취방 따라 옮겨야 했던 청량리 화곡동
미아리 수유리 화양동 옥수동
내 이십대 무수히 찍어댔던 역마살의 흔적들

승용차 트렁크와 뒷좌석에 꼭꼭 포개진
스무살 딸아이 월계동 자취방 첫살림
살아온 날보다 살아갈 날이 창창한
딸아이 주민등록 초본에도 줄 하나 늘었겠다

그나마 다행인 것은 따뜻한 햇살
제가 그동안 참 많은 학생들 봤지만
선생님 딸아이 착합디다 정말 잘 키웠습디다
주인 어르신의 포근한 작별인사

버려라 웬만한 건 다 버려라 가져와도 둘 곳 없다
얼르고 얼러도 바리바리 챙긴 살림
기껏 해야 천육백시시 승용차 하나 분량
그나마 여저기 낯익은 석계역 골목골목

끝맛 진하게 우려주던 칼국수 맛집 배추겉절이
이천오백원 짜장집 착한 가격 막창집
소주잔 부담 덜어주던 포장마차 물횟집
딸아이 스무 해 주민등록 초본에 줄 하나 늘었겠다

보호수

뿌리 내릴 땅이라도 있었으니 좋겠다
천둥 번개 폭풍우보다 더
잠 못 이루게 하는 월세
임대료 내몰리지 않았으니 좋겠다
돌려막던 신용카드 한도 하향조정
사채로 내몰리는
불면의 밤을 새우지 않았으니 좋겠다

결제일

빛의 속도로 달리는 로켓을 타고
며칠 우주여행이라도 했으면 좋겠다
그러면 지구는 수십 년이 흘러
그만큼 결제일도 건너 뛸 수 있으니
잘 하면 영영 굿바이일 수도 있고

그대여 먼 길 빨리 가려면
사랑하는 사람과 함께 가라고
잠 못 이루는 긴 밤 빨리 보내려면
사랑의 시를 쓰라고
가끔 염장 지르는 위로라도
받을 수 있음은 행복이다

그대여 우리의 사랑은
왜 이리 아슬한가
우리의 사랑은
왜 이리도 퍽퍽한가

빛의 속도로 달리는 로켓을 타고
우주여행이라도 했으면 좋겠다
왕복이 당연이지만 편도라도 좋겠다
그만큼 결제일도 건너 뛸 수 있으니
잘 하면 영영 굿바이일 수도 있고

쉰셋

어쩌다 쉰 밥을 먹었을 때의 뱃속만큼
허리 이빨 눈 장 간 폐 성한 데 없이
어쩌다 쉰 국에 밥 말아 놓고
내가 왜 이랬을까 손에 든
핸드폰 찾느라 정신줄 놓는 머리
참 많이도 왔다 쉰셋

늙었다고 빼자니 형 아우 하자는
육칠십 어르신들 눈치 보이고
젊었다고 나서자니 지천명하라는
공자님 눈치 보이는
쉰 밥도 아니고 쉰 국도 아닌
마음만은 햇반이고 진국인 쉰셋

쉰 밥인들 어떠랴
쉰 국인들 대수랴
어느 새 술 반 약 반
가족을 위해 정신 차리라는
사랑하는 이들의 관심과 걱정마저
잔소리로 달관해 버린 쉰셋

그래도 꿈만큼은 야무지다

지켜야 할 것이 있기에
각오만큼은 다부지다
걱정 말라고 내가 있다고
차마 내려놓지 못한 짐 가득 지고
술내음 풍기는 큰소리 탕탕 어느덧 쉰셋

종합검진 앞두고

"연식이 됐으니 자연스러운 거 아닌가요?"

허리 어깨 팔꿈치 마디 마디
삐걱거릴 때마다
예전이면 이미 다한 연식이니
지금이라 좋은 세상 덤으로 즐기라며
아무렇지 않게 뼈마디 살피던
의사 선생의 그 선한 눈빛

대장암 위암 좋은 세상
시샘 놓는 불청객
온전히 걸러 세우고
쉰둘이면 연식이 그러니
덤으로 즐기라는
의사 선생의 그 선한 눈빛
또다시 볼 수 있을까

어른값

주머니는 열고 입은 닫아라
주머니마저 열기 싫으면
입은 더욱 닫아라

어느새 오십 넘어 할아버지뻘 친구 선배들 보니
젊은 것들 마음 놓고 술 마시고 담배 피라며
슬쩍슬쩍 자리 피해주시던 어른들 생각납니다

묻지 않으면 덕담도 마라 주책이 될지니
지켜보고 지켜보며 바른 길 축원하라
굳이 입 열고 싶으면 마음으로 다가서라

어느새 허리 치아 무릎 팔 삐걱거리는 관절
파스타 피자 입맛조차 따라잡지 못하는
나이가 되고 보니 더욱 생각이 납니다

앞자리보다는 뒤로 뒤로 흔적없이
말보다는 가슴으로 존재감은 더욱 크게
젊은 것들 밀어주시던 어른들 생각이 간절합니다

시인벼슬

벼슬 중에 닭벼슬보다 더 가치없는 것이
중벼슬이라지만 그 중벼슬보다
더 허망한 것이
시인벼슬인 것은 분명합니다

진실을 알고 나면 구토가 나기 마련이라는
노벨문학상 걷어찬 사르트르가 부럽기만 한 것은
봉황이 되지 못한 잡새의 작은 그릇이라고
스스로 채찍질 하지만

간혹 시보다 화려한 이력이 앞서는 이들을 보면
똑똑한 귀신만도 못한 사람이 될 거냐며
꾸지람 하나에도 정곡을 찌르는
시어를 풀어놓던
무지랭이 어머니 아른합니다

시인도 사람의 일이라 벼슬이 있고
이름이 있어 더러는 왕후장상보다
더한 우러름이 있지만
때로는 중벼슬보다 더 허망한 것이
시인벼슬인 것은 분명합니다

시가 밥 먹여주냐 식솔들
목구멍 풀칠은 시켜야
사람 구실도 하는 거여
덩달아 일침 놓던 아버지
어쩌다 시를 쓰는 사람이 되었습니다

간혹 닭벼슬보다 중벼슬보다 못한
시인벼슬 버거워 하늘 보고
땅 걸며 위안이길 바랍니다
누군가에게 격려이길 노래합니다

세밑에

걸어온 길 짚어보니
거의 다 그 길이 그 길이다
어쩌다 낯선 길 앞에 서면
가슴이 쿵쾅

그 설렘도 잠시 익숙함으로 이어져
도돌이표 같은 길을 이루고
간혹 방향을 잃어 미로를 헤맸어도
어떻게든 이어진 길을 따라
그 길이 그 길인 길 위에 섰다

기쁘다가 슬프거나 설레다가 식상하거나
사랑하다 미워하거나 웃다가 울거나
돌고 돌아도 그 길이 다 그 길인 것처럼
지지고 볶아도 모두 다 살아가는 일
살아온 일 살펴보니 다 그 일이 그 일이다

그럼에도 낯선 길 앞에 서면
아직도 가슴은 쿵쾅
그 길은 다 그 길로 이어지고
생은 끝없는 감정의 굴레
벗어라 벗어라 햇살을 펼친다

부 록

소통과 힐링의 시창작교실 공개강좌 중에서

이인환(시인)

왜 소통과 힐링의 시창작교실인가?

일본 도호쿠대학의 가와시마 류타 교수는 중증 알츠하이머병을 앓는 환자들에게 4년 동안 집중적으로 문학작품을 읽어주는 것으로 치유효과가 있다는 연구 결과를 발표했다. 독서가 두뇌를 활성화함으로써 치매나 각종 두뇌질환에 큰 효과를 봤다는 것이다. 남이 읽어주는 것만으로도 두뇌를 활성화시키는 힘이 있다는데, 본인이 스스로 책을 읽는 힘은 어떠하겠는가? 그리고 남이 쓴 책을 읽는 것만으로도 두뇌 활성화가 활발히 이뤄지는데, 그렇다면 직접 글을 쓴다면 그 힘은 얼마나 크겠는가?

요즘은 여기에서 한 발 더 나아가 글쓰기 중에서도 시창작이 두뇌 활성화에 큰 효과를 발휘한다는 연구결과도 발표되고 있다. 종편 텔레비전인 tvN의 '어쩌다 어른'에서 심리학자 김경일 박사가 2016년 10월 6일에 강의한 동영상을 찾아보면 좀 더 쉽게 이해할 수 있다.

2013년 영국 리버풀대학교 연구팀에 따르면 세익스피어의 고전 고전문학을 읽는 것이 현대문학작품을 읽는 것보다 훨씬 많은 두뇌의 에너지를 소모한다는 것이 연구결과로 밝혀졌다고 한다. 작품 속에 담겨 있는 은유적인 표현을 이해하기 위해 더 많은 생각이 에너지를 쓰기 때문이라고 한다.

"눈은 마음의 창이다."

예를 들어 이런 은유법을 활용한 문장이 있다면 이 뜻을 이해하기 위해 '왜지? 왜 그럴까?'라면서 머릿속에 여기저기 떨어져 있는 정보들을 이어붙이는 작업을 하게 되는데, 그 에너지가 다른 그 무엇을 하는 것보다 최고치를 보인다는 것이다. 그러면서 김경일 박사는 은유법이 쓰인 남의 시를 읽는 것도 이런데, 내가 직접 이런 시를 쓸 때 들이는 에너지는 얼마나 크겠냐고 반문을 한다.

정말 시사하는 바가 크다. 인류의 역사는 끊임없이 생각하며 에너지의 용량을 강화해온 사람들에 의해 이뤄졌다. 생각의 에너지를 키우지 못하고 한계에 머문 사람들은 끊임없이 생각의 에너지를 키워온 사람들의 하수인이나 들러리 역할밖에 하지 못했다. 따라서 우리는 역사의 주인이 되기 위해 끊임없이 생각의 에너지를 키우는 일에 심혈을 기울여야 한다.

이제 시는 선택의 문제가 아니라 생각의 에너지를 키워가는 필수항목이 된 것이다. 인공지능 시대를 맞아 생각의 에너지를 극대화시켜 생존경쟁에서 살아남기 위한 경쟁력을 키우기 위해서라면 시보다 더 좋은 것이 없기 때문이다.

인공지능 시대의 확실한 경쟁력을 갖추기 위해 시창작을 통해 두뇌의 에너지 총량을 키우고, 백세시대의 건강의 최대 적으로 등장한 각종 두뇌질환으로부터 벗어나기 위해서라도 시 창작을 해 나가야 한다.

우리 주변에는 시를 고상한 취미로 여기며 시창작 입문을 어렵게 여기는 이들이 많다. 이런 이들은 크게 두 가지 경향을 보인다.

첫째, 삶과 시창작 활동을 분리시켜 생각한다. 어려서부터 시를 배울 때 시험이나 입시를 위한 평가 위주로 배웠고, 사회에 진출해서도 시가 현실과 동떨어진 것이라는 선입견에서 벗어날 기회를 갖기 못했기 때문이다.

둘째, 지금까지는 시인이라고 하면 반드시 등단이라는 통과의례를 거쳐야만 한다는 인식을 갖고 있는 이들이 많다. 그러다 보니 등단을 미끼로 이들을 유혹하는 신문이나 잡지사가 난립하면서 경제적인 여력이 없으면 시를 쓰거나 발표하기도 어려운 환경 속에 살고 있기 때문이다.

상황이 이러하니 시창작 입문에 마음을 내기란 쉽지 않다. 시를 고상한 취미로 여기며 여유 있는 자들이나 향유하는 것쯤으로 치부하는 것이다. 참으로 안타까운 일이다.

이제는 신춘문예나 백일장, 잡지사 등단을 목적으로 하는 시 창작은 고민해야 할 때가 왔다고 본다. 굳이 돈을 요구하는 잡지사와 신문사가 아니어도 블로그, 카페, 밴드 등 SNS 활동을 통해 시를 발표하고 향유할 공간은 정말 많다.

이제는 시를 일상에서 가까운 이들과 소통하는 도구로 활용할 수 있어야 한다. 또한 인공지능 시대를 맞아 두뇌를 활성화하고 생각의 에너지를 키우는 소중한 교육도구로 시창작이 활성화 되어야 한다. '소통과 힐링의 시창작교실'이 추구하는 지향점이 여기에 있다.

제4차 산업혁명 시대, 즉 인공지능 시대가 현실화되면 힘든 일은 로봇이 다 하게 될 날이 올 것이다. 지금 이 순간에도 웬만한 일들은 인공지능으로 대체되면서 노동자들의 생계인 생업마저 위협하고 있다.

이제 학교수업도 단순 암기식 공부가 아니라 창의력을 키워주는 쪽으로 전환되고 있다. 미래사회에는 많은 지식을 갖춘 사람이 아니라 창의력과 소통능력이 뛰어난 인재를 필요로 하기 때문이다.

그런 중에 시를 향유하는 것만으로도 창의력의 핵심인 두뇌가 활성화되고, 생각의 에너지를 키우는데 최고의 효과를 발휘한다는 두뇌학자들의 주장을 접하고 있는 것이다. 시를 쓰고 즐기는 사람들에게는 이 얼마나 고무적인 일인가?

일반적으로 과학자는 연구 자료로 말하고, 문인은 현장에서 체험한 구체적인 경험으로 말한다. 내가 시창작이 미래의 미래에는 선택이 아니라 필수가 되었다고 확신하는 것은 '소통과 힐링의 시창작교실'을 통해 김경일 교수가 말한 것과 같은 경험, 즉 비유와 상징을 활용해 시를 짓고 나면 생각의 에너지가 그만큼 커진 것은 아닌가 싶은 경험을 많이 했기 때문이다.

또한 함께 하는 이들이 시를 쓰며 주변 사람들과 소통을 시도하면서 풀기 어려웠던 갈등이 풀리는 경험을 했다는 경험담을 많이 접하면서 시가 더할 나위 없이 좋은 소통의 도구라는 확신을 갖기 시작했다. 아울러 자신의 이야기를 스토리로 풀어 시로 표현해 나가는 과정에서 내면의 상처를 치유하는 효과가 크다는 것을 알았다.

그래서 '글쓰기 치유'와 '소통의 기술'을 접목시켜 『소통과 힐링의 시창작교실』을 발간했고, 그것을 통해 현장에서 더 많은 이들과 시로 소통하고 힐링하는 즐거움을 누리고 있다. 비록 지금은 미약하지만 앞으로 더 많은 사람들이 『소통과 힐링의 시창작교실』에 관심을 갖고 함께 할 날이 올 것이라 확신한다.

지하철 스크린도어 시 논쟁에 대해

1) 서울시 지하철 스크린도어 시 앞에서

서울을 갈 때면 주로 지하철을 이용한다. 그때마다 지하철을 기다리며 스크린도어에 게시된 시를 보는 재미가 쏠쏠하다. 그리고 우리 주변에 알려지지 않은 시인이 참으로 많다는 것을 보고 희망을 보곤 한다. 아울러 이미 문단 권력을 형성한 특정 시인들의 작품이 아니라 현실 속에서 시로 소통하며 시를 향유하고 있는 무명시인, 또는 등단조차 하지 못한 이웃들의 시를 접할 수 있어서 더욱 좋았다. 어떤 때는 기발 난 발상으로 이뤄진 시를 보고 머리가 번쩍 뜨이곤 했다.

> 날마다/ 쓸고 닦던/ 홀어미/ 어딜 갔나?// 작은 집/ 작은 마당이/ 며칠째/ 비어있다// 장독대/ 둘레를 따라/ 천일홍/ 흔들어 놓고....
>
> - 성명 판독불가 '부재' 전문

이런 시를 만날 때는 고향에 온 기분이었다. 그냥 좋았다. 가슴 한 켠에 고향을 일깨워주는 시 한 편, 시는 이렇게 써야 한다고 생각했다.

벗은/ 산 너머/ 간 지 오래// 발돋음하고/ 산등성이에서/ 고갤 못 돌린다// 헤어지는 일에 서툰 억새를/ 해거름에 산그림자가/ 안쓰러워하고 있다

- 박성배의 '억새' 전문

고향 산등성이의 억새를 어찌 잊을 수 있으랴! 어렸을 때 소꼴 베다가 손가락 참 많이 베었던 풀, 민초의 상징이 아니던가? 어찌 헤어지는 일에 서툰 것이 억새일 뿐이랴! 스크린도어 앞에 펼쳐지는 고향과 이웃들의 모습이 삼삼하게 살아왔다.

오로지 붙임성 하나로/ 불경기에도 살 만하다던/ 우리집 담쟁이가 주춤주춤 겨울에 드네/ 엎디어 절망을 넘던/ 물렁뼈가 보이네// 등 굽은 사다리에 올라/ 하늘의 필법을 넘보던/ 파르르 바람벽에 겨울나는 핏빛 한 점/ 끊길 듯 세필(細筆)로 내린/ 동아줄이/ 더/ 춥네

- 고정국의 '벽화' 전문

이 시는 또 어떤가? 담쟁이덩굴의 겨울 모습을 이보다 더 어떻게 그릴 수 있단 말인가? 이 시를 만났을 때 나는 스크린도어 앞에서 '아!' 하고 머리가 확 밝아지는 기분을 느꼈다.

이런 시가 좋다. 나는 정말 이런 시가 좋다. 고도의 비유와 상

징으로 이해하기 쉬우면서도 '아!' 하며 머리를 밝게 해주는 시가 정말 좋다.

> 수첩이나 봐야 생각나는 이름이 있다/ 어디서 뭐하고 있는지 비로소 궁금해진다/ 나는 누구의 수첩 속에서 궁금한 이름이/ 되어 있는가
>
> - 이병초 '묵은 수첩을 보며' 전문

그래, 나는 정말 누구의 수첩 속에 궁금한 이름이 되어 있을까? 아니, 아니지. 지금 수첩 쓰는 사람 얼마나 되나? 핸드폰 속에 궁금한 사람? 얼마 후에는 핸드폰도 없어지고, 인공두뇌 속에 저장된 궁금한 사람이 되어 있지 않을까? 그때는 아마 수첩도 골동품으로 자리 잡고 있을지 몰라.

스크린도어 앞에서 만난 한 편의 시로 이런 즐거움을 누릴 수 있는 것은 얼마나 행복한 일인가?

그런데 어느 새 10년째 되어간다는 지하철 스크린 도어 게시 시에 대한 말들이 많다. 그래도 이전에는 봐줄 만했다. 적어도 더 좋은 방향으로 가기 위한 비판이 주를 이루었고, 대안을 제시하는 전문가들의 의견도 빛을 발했다. 하지만 요즘은 비판이라기보다 판을 뒤엎을 듯한 비난의 목소리가 힘을 얻고 있다.

2) 허접한 시를 계속 봐야 하냐고?

스크린 도어 시가 시민들에게 사랑을 받으려면 시를 선정하는 주체인 서울시가 정말 신중을 기해야 한다. 그런데 서울시는 스크린도어 게시 시를 선정하기 어려운 문제점을 수없이 토로하곤 했다. 그 중에 하나가 지금 우리나라의 문학단체가 너무 많다는 것이다. 세금을 써야 하는 서울시로서는 시민의 눈치를 볼 수밖에 없어 그 많은 단체의 눈치를 보면서 그들에게 작품 선정하는 일을 맡겼다고 한다.

> 지하철 시 선정 문인단체 배제, 문학단체 간 시비 있어...
>
> 서울시는 이전 사업의 문제점으로 작품의 질적 수준 저하 우려와 더불어 '참여 문학단체 간 경쟁 심화'와 '문학단체 관계자 심사로 인한 공정성 시비'를 들었다.
>
> - 2016년 8월 31일, '뉴스 페이퍼' 기사문, 김상훈 기자

그런데 이를 어쩌나? 우후죽순인 문학단체 중에는 시민들의 눈높이를 맞추기 어려운 곳이 많다. 그리고 문학단체 중에는 운영이 비민주적인 곳이 많은데, 그런 단체에 감투를 좋아하는 이들일수록 시민들의 눈높이와 다른 방향으로 가는 경우가 많다.

오죽하면 닭벼슬보다 못한 것이 중벼슬이고, 중벼슬만도 못한 것이 시인벼슬이라고 말하는 이들도 있겠는가? 실제로 지하철

스크린도어에 게시된 시 중에 문학단체의 고위 직함을 가진 이들의 시가 시민들로부터 더 많은 비판을 받는 경우가 많다. 정말 안쓰러운 현실이다.

> "허접한 지하철 詩 계속 봐야해?"… 승객들이 펜 들었다
>
> "공공 기관이 공공 영역에 작품을 내건다는 것은 그걸 사회적·미학적 모범으로 추천하는 것이다. 그건 누가 어떤 기준으로 해도 위험한 일이다…
>
> - 2017년 7월 18일 조선일보 문화면 정상혁 기자

그러다 보니 스크린도어 시 게시에 대한 문제점을 제기하는 이들이 늘어나고 있다. 초기에는 더 나은 방향으로 가기 위한 대안을 제시하는 비판이 주를 이루었다면, 근래에는 스크린도어 시 게시를 접어야 한다는 식으로 아예 판을 뒤엎으려는 시도가 이뤄지고 있다. '허접한 시 계속 봐야 해?'라는 직설적인 평가에서 보듯이 가히 도발적이다. 그동안 지하철에서 좋은 시를 만나는 재미를 가진 나와 같은 사람에게는 정말 충격적이다.

3) 시의 보편적인 규칙을 익히자

실제로 우리 주변에는 '허접한 시'라고 비판을 받아도 뭐라고

하기 힘든 시를 쓰는 이들이 많다. 시인 3만 명 시대를 열어가면서 참 많은 문학단체가 생겼고, 수많은 동인지와 잡지를 통해 시다운 시를 쓰기 위해 공부하지 않는 사람들도 쉽게 시인의 감투를 쓰는 경우가 많다.

이런 현실의 문제점이 지하철 스크린도어 게시 시에 대한 비난으로 드러나는 것이다. 시의 대중화 시대를 맞아 이 문제는 우리 시대의 많은 시인들이 진지하게 꼭 짚고 넘어가야 할 문제다.

시민들은 시인이 어떤 단체의 어떤 감투를 썼는지를 중요하게 여기지 않는다. 그저 시인이 발표한 시가 보이는 대로, 느낀 대로 평가할 뿐이다. 시인 스스로 시민들에게 '허접한 시'라고 비난 받는 시의 주인공이 되지 않으려면, 이런 비난의 당사자가 바로 나 자신일 수 있다는 마음을 갖고 더 많이 시창작 기법을 배워나가야 한다.

축구를 잘 하려며 무엇보다 먼저 축구에 대한 기본 지식과 축구장에서 지켜야 할 규칙을 익혀야 한다. 기본을 익히지 못하고 무작정 공만 바라보고 뛴다면 그것은 축구가 아니라 자신만의 원맨쇼가 될 수 있다. 마찬가지로 시의 기본도 익히지 않고 시를 쓰고 발표하는 것은 마치 축구에 대한 공부는 소홀히 하고 무작정 뛰며 축구장을 누비는 것과 같다.

세상에서 맨 처음/ 공중에다 돌을 던진 사람은/ 새가 되어 공중에 들고// 세상에서 맨 처음/ 물에 대고 돌을 던진 사람은/ 물고기 되어 물에 들고// 세상에서 맨 처음/ 사람에게 돌을 던진 사람은/ 사랑이 되어 그의 마음에 들고

- 성명 판독불가 '맨 처음' 전문

시는 비유와 상징의 문학이다. 따라서 시를 배우는 사람은 제일 먼저 비유와 상징을 활용하는 기법을 배운다. 비유와 상징은 창의력을 빛나게 하는 요소다.

시에서 창의력이라고 하면 독창성을 이야기한다. 하지만 독창성에서 간과해서는 안 될 것이 있다. 독창성은 기본적으로 보편적인 규칙을 벗어나지 않아야 한다.

그런 점에서 이 시의 '돌'이라는 시어는 독창성을 살리기 위해서 활용했는지 모르지만 보편적 상징에서 크게 벗어나 독창성으로 인정하기 어렵다.

왜 하필 돌을 공중에 던졌는데 새가 되고, 물에 던졌는데 물고기가 되고, 사람에게 던졌는데 사랑이 된다고 표현했을까? 물론 시인의 의도는 충분히 유추할 수 있다. 호수에 돌을 던지면 파문이 일어 어떤 반응이 일어나는 것에 착안해서, 돌을 어떤 대상과 대상을 연결시켜주는 상징어로 고안해 내서 자신만의 독창성을 발휘한 것일 수 있다.

하지만 학창시절에 시를 배운 사람들은 다 안다. 일반적으로

'돌을 던진다'는 행위는 부정적인 상징어로 많이 쓰인다. 아이는 장난으로 돌을 던지지만 그 돌에 맞는 개구리는 진짜로 죽는다는 말이 너무 유명해서 '돌을 던진다'고 하면 부정적인 의미를 떠올리는 이들이 많다.

이것이 관습적인 상징이다. 이 시를 쓴 이가 시의 기본인 관습적인 상징을 올바로 이해했다면 여기에 '돌을 던진다'는 말을 쓰기 어려웠을 것이다. 이런 경우에는 '돌'보다 '꽃'이 더 어울리는 상징어다.

독창성을 발휘한다고 '겨울, 어둠, 밤, 먹구름, 돌'이라는 상징어를 긍정적인 의미로 활용한다거나, '봄, 밝음, 낮, 흰구름, 꽃'이라는 상징어를 부정적인 의미로 활용한다면 보편적 정서표현에 실패할 수 있다. 축구 선수가 축구 규칙을 지키지 못해 관중들에게 야유를 듣는 것처럼, 시를 쓰는 이가 시의 규칙을 지키지 못하면 독자에게 외면을 당하는 것은 당연한 일이다.

따라서 좋은 시를 쓰려면 비유와 상징의 개념을 정확히 이해하고, 보편적 상징어를 적절히 구사할 줄 알아야 한다.

산책은 산 책이다/ 돈을 주고 산 책이 아니라/ 살아있는 책이다/ 발이 읽고/ 눈으로 듣고/ 귀로 봐도 책하지 않는 책/ 책이라면 학을 떼는 사람도/ 산책을 하며 산 책을 펼친다/ 느릿느릿/ 사색으로 가는 깊은 길을 따라/ 자연경(自然經)을 읽는다/ 한 발 한 발.

-홍해리의 '산책' 전문

스크린도어 앞에서 이 시를 접할 때 나는 짜릿한 전율을 느꼈다. '산책'이라는 시는 시가 갖춰야 할 쾌락적 기능과 교훈적 기능을 모두 갖췄다. '산책'이라는 말에서 '돈을 주고 산 책', '죽지 않고 살아 있는 산 책'을 떠올리며 교묘한 언어유희를 하며 입가에 미소를 짓게 한다. 쾌락적 기능을 수행한 것이다. 아울러 산책을 '자연경'이라는 경전을 읽는 행위로 승화시키며 살아가며 '산책'뿐만 아니라 '책'을 통해 철학적 사고를 해야 한다는 각성을 깨우쳐 준다. 이보다 확실한 교훈적 기능이 또 어디 있겠는가? 시가 갖춰야 할 창의성과 적절한 비유와 상징, 그리고 언어유희를 통한 시적 향유의 묘미를 깨닫게 한다. 이런 시 정말 좋다.

4) 시인은 시민들과 소통하는 시로 화답해야 한다

"나도 시인" 서울시 지하철 스크린도어 게시 시 공모를 보며, '소통과 힐링의 시창작교실'의 미래를 본다. 예전에는 제한된 문예지나 신문사의 지면을 통해 독자들을 만나야 했지만, 지금은 인공지능 시대를 맞아 인터넷이나 SNS을 통해 누구나 쉽게 독자들과 만날 수 있다. 따라서 시를 쓸 때는 인터넷과 SNS로 함께 하는 이들과 원활한 소통을 우선으로 삼아야 한다.

지금은 누구나 시를 쓰고 발표할 수 있는 시대다. 따라서 서울시는 시대에 추세에 맞춰 더 많은 이들이 시를 쓰며 시를 향유할 수 있는 분위기를 조성하기 위해서라도 스크린도어 게시 시는 계속 유지해 나가야 한다. 시 선정 방식에 문제가 있다면 개선점을 찾아가야지, '허접한 시'라는 직설적인 공격에 판을 뒤엎어서는 안 된다고 본다.

아울러 지하철 시 공모에 응모하는 이라면 다음과 같은 것을 염두에 두어야 한다. 시민들에게 더 이상 '허접한 시'라는 손가락질을 받지 않기 위해 심혈을 기울여야 한다. 시민과 소통하는 시를 쓰기 위해서는 크게 다섯 가지를 챙길 수 있어야 한다.

첫째, 시민과 소통하겠다는 의지다. 시민을 계몽하거나 가르치려하기보다 시민의 가려운 곳을 긁어주는 정서표현에 중점을 두어야 한다.

둘째, 누구나 이해하기 쉽고 공감할 수 있는 내용을 담아야 한다. 앞에서 제시했던 '부재'나 '갈대'처럼 고향이나, 가족, 사랑 이야기처럼 보편적 정서를 구체적으로 담아낼 수 있어야 한다.

셋째, 시의 기본인 비유와 상징을 활용한 함축미를 극대화시켜야 한다. 앞에서 제시한 '벽화'나 '산책'처럼 적절한 비유와 상징을 통해 시민이 읽고 나서 '아!'하는 감탄사를 터트리게 하는 쾌락적 기능과 교훈적 기능을 담을 수 있어야 한다.

넷째, 바쁜 생활에 지친 지하철 이용객이 짧은 시간에 읽고 자신을 성찰할 수 있는 내용을 담아야 한다. 앞에서 제시한 '묵은 수첩을 보며'라는 시처럼 철학적 사고를 할 수 있는 시를 창작하는 기법을 배워야 한다.

다섯째, 내 시를 객관적으로 봐 주는 사람을 한 사람쯤은 곁에 두어야 한다. 앞에서 다룬 '맨 처음'이라는 시는 누군가 봐주는 이가 있었다면 '돌을 던진다'는 표현이 보편적 상징에서 벗어났다는 것을 금방 알았을 것이다. 그랬다면 '돌을 사람에게 던졌는데 사랑이 될 수 있다고?'라는 비판에서 벗어나 '아, 맞아!' 하고 누구나 감탄사를 터트릴 수 있는 '꽃'이라는 시어로 대체할 수 있었을 것이다.

5) 소통과 힐링의 시창작교실의 비전

몇 년 동안 어르신들과 함께 '소통과 힐링의 시창작교실'을 하면서 시는 아픔을 치유하고 가족을 포함한 가까운 이웃과 소통하는데 더할 나위없는 도구라는 것을 실감하고 있다. 짧은 시로 사랑하는 마음을, 또는 아팠던 기억을 표현함으로써 가까운 독자들과 소통하고 힐링하는 시창작의 힘을 느끼고 있기 때문이다.

시가 대중 곁으로 내려온 지는 정말 얼마 되지 않았다. 어르신들이 젊었을 때인 1960년대만 해도 우리나라는 문맹의 천국이었다. 그만큼 시창작과 향유는 소수의 전유물일 수밖에 없었다. 그런데 지금은 어떤가? 전 국민이 문맹에서 거의 다 벗어났고, 삶의 여유를 누리면서 정신적으로 자아성취의 욕망을 갈구하는 이들이 많아졌다. 그러다 보니 시인 2만 명 시대를 열어가고 있는 것이다. 이 얼마나 고취적인 일인가?

그러다 보니 좀 어설픈 시도 나오고, 조금이라도 시를 배웠다는 이들이라면 누구나 쉽게 약점을 잡을 수 있는 그야말로 '허접한 시'도 발표하는 경우도 생기게 된다.

지금 우리 곁에는 '허접한 시'라는 비난을 받으면서도 더 좋은 시를 쓰기 위해 노력하는 이들이 참으로 많다. 시를 쓰며 삶의 의미와 행복을 찾는 이들이 정말 많다.

배움은 끝이 없어
팔순을 바라봐도 배우는 건 즐겁다
어울림이 있어 좋고
하나하나 깨달음이 작은 꿈을 키우는 곳

짙은 향 커피 한 잔의 여유로
어설픈 글 다듬다 보면
예쁜 시가 되고
생각하고 느끼는 것 옮기다

보면

알알이 영글어 진주알이 되네

남들은 심심하지 않냐고 하지만

그런 시간 전혀 없어

함께 하면 어떠냐 권하고 싶네

오늘도 고운 빛 노을에

구름 손님 색동옷 해님 따라 숨어 넘네

- 권경자 어르신(76세)의 '시창작교실에서' 전문

개인적으로 이와 같은 시도 스크린도어에 게시가 된다면 '허접한 시'라고 비난하는 사람이 있을 것 같다는 생각을 지울 수 없다. 하지만 이런 진실한 마음을 어디에서 만날 수 있겠는가?

이 어르신이 스크린도어 시 공모에 자발적으로 응모할 리는 없다. 이 분은 스크린도어에 걸려 누군가에게 인정받겠다는 욕심보다 한 편의 시를 쓰면서, 비록 '허접한 시'일지라도 가장 가깝게는 손자 며느리 가족과, 조금 멀리는 친구 동료 이웃과 소통하는 즐거움을 누리고 있다. 시를 창작하며 향유하는 기쁨을 이웃들에게 확산시키고 있는 것이다.

이런 경험 때문에 '허접한 시'라며 모든 시를 싸잡아 비난하면서 지하철 스크린도어 시를 폐지해야 한다는 주장에 결코 동조할 수 없다. 이제 십 년밖에 되지 않았다. 지금까지도 시행착오를 거

치면서 많은 문제점을 보완해 온 것으로 알고 있다. 따라서 앞으로 시를 창작하며 향유하는 사람들이 더욱 늘어나도록 이런 시도는 계속 확산되어야 한다고 본다.

나의 롤모델 신경림 시인

징이 울린다 막이 내렸다
오동나무에 전등이 매어 달린 가설무대
구경꾼이 돌아가고 난 텅 빈 운동장
우리는 분이 얼룩진 얼굴로
학교 앞 소줏집에 몰려 술을 마신다
답답하고 고달프게 사는 것이 원통하다
꽹과리를 앞장세워 장거리로 나서면
따라붙어 악을 쓰는 건 쪼무래기들뿐
처녀애들은 기름집 담벽에 붙어 서서
철없이 킬킬대는구나
보름달은 밝아 어떤 녀석은
꺽정이처럼 울부짖고 또 어떤 녀석은
서림이처럼 해해대지만 이까짓
산 구석에 처박혀 발버둥 친들 무엇하랴
비료 값도 안 나오는 농사 따위야
아예 여편네에게나 맡겨 두고
쇠전을 거쳐 도수장 앞에 와 돌 때
우리는 점점 신명이 난다
한 다리를 들고 날라리를 불꺼나
고갯짓을 하고 어깨를 흔들꺼나
- 신경림의 '농무' 전문

1985년이었다. 대학교에 입학하면서 신경림 시인의 '농무'를 만났다. 아, 이런 것도 시가 될 수 있구나! 고등학교 때까지 소위 순수시 계통만 알았던 내가 시의 새로운 세계를 본 것이다. 신경림의 시를 통해 고등학교 때까지 촌에서 살았던, 말 그대로 농무의 주인공이었던 아버지와 나의 삶에 대한 각성을 하기 시작했다. 선배들을 따라 '농민가'와 '해방가'를 부르며 사회 현실에 눈을 뜨기 시작했다.

신경림 시인은 내게 시의 새로운 세계를 열어준 분이다. 물론 학창시절의 먼발치에서 선생의 강의를 몇 번 들었던 적은 있지만 개인적인 친분은 전혀 없다. 그렇지만 책이나 강의를 통해 접한 선생이 이야기는 언제나 친근하게 여겨졌다. 가난한 집에서 태어나 장터로, 탄광으로 떠돌았다는 시인의 삶을 접하면서 투박하게 생기신 선생의 모습조차 정겹게 다가왔다.

대학생활 초기에 신경림 시인을 통해 시가 내 삶으로 다가왔고, 보잘 것 없는 내 이야기도 시의 중요한 소재가 될 수 있다는 것을 알았다. 시인이 이태백이나 김삿갓처럼 속세를 등지고 이슬이나 먹으며 살아가는 존재가 아니라 현실 속에서 치열하게 살아가는 이웃일 수 있다는 것을 알았다.

그때부터 시가 한결 쉽게 다가왔다. 물론 신경림 시인처럼 남들에게 인정받는 시다운 시를 쓰지는 못했지만, 나의 학창시절은 시의 새로운 세계를 열어준 시인을 알게된 것만으로도 충분했다.

어떤 젊은이가 스티브 잡스에게 물었다고 한다.

"창업을 하려고 하는데 어떻게 하면 좋을까요?"

"창업을 하려는 이유가 무엇입니까?"

"돈을 많이 벌고 싶습니다."

"돈을 벌고자 한다면 창업은 하지 마십시오. 성공하기 힘듭니다."

"그러면 왜 창업을 해야 합니까?"

"당신이 좋아하는 일, 꼭 해야 할 일을 하려고 하는데 알아주는 이가 없다면 창업을 해도 좋습니다. 그것을 통해 당신을 알아주는 더 많은 사람을 만날 수 있고, 그렇게 한다면 언젠가는 반드시 성공할 수 있을 겁니다."

인터넷에서 스티브 잡스의 이야기를 접하면서 나는 이 이야기를 내가 추구하는 '소통과 힐링의 시창작교실'에 적용해 보았다. '창업'이라는 말 대신 '시'라는 말로 바꿔 본 것이다.

"시를 쓰려고 하는데 어떻게 하면 좋을까요?"

"시를 쓰려는 이유가 무엇입니까?"

"돈을 많이 벌고 싶습니다."

"돈을 벌고자 한다면 시를 쓰지 마십시오. 성공하기 힘듭니다."

"그러면 왜 시를 써야 합니까?"

"당신이 좋아하는 일, 꼭 해야 할 일을 하려고 하는데 알아주는 이가 없다면 시를 써도 좋습니다. 그것을 통해 당신을 알아주는 더 많은 사람을 만날 수 있고, 그렇게 한다면 언젠가는 반드시 성공할 수 있을 겁니다."

나 역시 대학을 졸업하고 사회생활을 하면서 오랫동안 먹고 사는 일과 시를 분리하고 살았다. 시가 돈이 될 수 없는 현실에 시를 잊고 살아야만 했다. 그러다 마흔을 넘겨 상처(喪妻)하고, 어린 두 딸과 함께 절망의 나락에 떨어졌을 때 잠 못 이루는 고통의 날들을 이겨내기 위해 찾은 것이 시창작이었다. 그렇게 시를 쓰면서 밤마다 수없이 올라오던 부정적인 생각을 이겨낼 수 있었다. 어렸을 때 가난하다는 이유로 늘 원망의 대상이었던 부모님의 이야기를 시로 표현하면서, 현재 두 딸이 원하는 것을 제대로 해주지 못하는 내 처지와 다를 바가 없다는 것을 체감하며 당시의 부모님을 조금이나마 이해할 수 있었다. 두 딸에 대한 이야기를 시로 표현하면서 시가 소통의 중요한 도구가 될 수 있다는 것을 알았다. 평생학습 현장에서 독서와 치유의 글쓰기를 시창작에 접목하며 많은 이들과 함께 하면서 시가 심리 치유에 큰 효과를 발휘한다는 것도 알았다.

시를 쓰면서 내 삶이 좋아졌고, 내 삶의 질이 변하니까 두 딸과의 관계도 좋아졌다. 백 마디 말보다 한 편의 시를 통해 아빠의 마음을 전달하는 것이 딸들에게 더할 나위 없이 좋은 소통의 효과를 안겨준다는 것을 알았다.

"아빠, 아빠 시 보고 얼마나 울었는지 몰라."

두 권의 시집 〈아버지 어머니 그리움 사랑〉, 〈아버지로 산다는 것〉을 통해 자신들의 이야기를 표현한 아빠의 시를 접한 딸들이 살갑게 속내를 표현해주기 시작했다.

스티브 잡스의 말처럼 '좋아하는 일', '꼭 해야 하는 일'로 내가 좋아하는 시창작을 선택하고 보니 일도 좋은 쪽으로 풀려가기 시작했다. 평생학습 현장에서 '소통과 힐링의 시창작교실'을 통해 나를 알아주는 더 많은 이들과 만날 수 있었고, 그렇게 뜻을 같이 하는 사람들과 공감의 장을 더욱 넓혀갈 수 있었다.

신경림 시인은 내가 시를 쓰면서 항상 롤모델로 여기는 분이다. 처음에는 시인처럼 유명한 시인이 되고 싶은 욕심도 있었다. 하지만 그런 욕심이 생길수록 남들이 알아주지 않는다고 괴로워할 일밖에 없었다. 그래서 유명한 시인이 되겠다는 욕심은 일찌감치 내려놓았다. 그러니까 마음이 홀가분해지고 편안해졌다. 그 대신 시인의 무명이었던 시절을 떠올리며 시인이 걸었던 길을 걷고자 했다.

오늘날처럼 성공한 신경림 시인을 있게 만든 시집 〈농무〉 초판이 나온 것은 1973년 초라고 한다. 가난한 집에서 태어나 제대로 배우지도 못한 채 시장의 장돌뱅이로, 탄광의 막노동꾼으로 떠돌던 시인을 알아주는 이가 많지 않던 시절이었다. 그런 중에 시인은 자비로 300부 한정판 시집을 발간했다고 한다. 그때부터 시집을 알아주는 이들이 생겼고, 창작과비평사에서 창비시선 1호 시집으로 재발간한 것이라고 한다. 그야말로 시인이 돈을 벌기 위해 쓴 시가 아니라 생활 속에서 당신이 '정말 좋아하는 것을', '당신이 꼭 해야 할 일'을 함으로써 그 결과로 '시인으로서 성공한 자리'에 올라설 수 있었던 것이다.

요즘은 시집이 판매되지 않는다는 이유로 무명시절의 신경림처럼 좋은 시를 써도 그럴 듯하게 시집을 내주는 출판사를 만나기가 쉽지 않다. 물론 창비나 문학동네, 문학과 지성사와 같은 출판사에서 인세를 받고 시집을 낼 수 있을 정도로 인정을 받는다면 좋겠지만, 그것은 결코 쉬운 일이 아니다. 기존 문단의 인맥이나 연줄을 따라잡지 못한다면 시집을 발간하는 것은 언감생심인 사람들도 많다. 이런 이들이라면 신경림 시인처럼 한정본으로 자비출판을 하는 것도 나쁘지 않다고 본다.

시간이 없어서?
너무 힘들어서?

시는 쓰고 싶은데 마음을 내기 힘들다는 이들이 내세우는 것들은 다 핑계에 지나지 않는다. 이런 이들일수록 생각해 봐야 한다. 힘들면 힘든 그 이야기를 시로 써가면서 스스로 힐링하는 힘을 키워나가야 한다. 시를 쓰면서 삶의 위안을 얻는 자리를 만들어 나가야 한다. 정말 좋아서 시를 쓰고, 자신과 비슷한 사람들에게 희망을 주는 시를 쓰기 위해 심혈을 기울여야 한다.

아내는 눈 속에 잠이 들고
밤새워 바람이 불었다
나는 전등을 켜고
머리맡의 묵은 잡지를 뒤적였다

옛 친구들의 얼굴을 보기가
두렵고 부끄러웠다
미닫이에 달빛이 와 어른거리면
이발소집 시계가 두 번을 쳤다

아내가 묻힌 무덤 위에 달이 밝고
멀리서 짐승이 울었다
나는 다시 전등을 끄고
홍은동 그 가파른 골목길을 생각했다
- 신경림의 '고향에 와서' 전문

신경림 시인의 시 중에 근래에 내 가슴을 가장 울린 시다. 동병상련이기 때문이다. 시인은 나보다 먼저 아내를 멀리 떠나보낸

인생의 선배다. 상처라는 똑같은 상황에 처했을 때 나는 절망의 나락으로 떨어졌지만, 시인은 담담히 당신과 비슷한 처지에 있는 사람들의 마음을 대변하는 시로 썼다. 아내를 잃은 슬픔을 어쩌면 이렇게 담담히 감성을 울리는 시로 승화시킬 수 있단 말인가? 이런 내용의 시는 남의 것일 때 쉽게 읽어 내릴 수 있지만, 정작 시인이 되어 자신의 이야기를 이렇게 표현하기란 결코 쉬운 일이 아니다. 정말 시를 좋아하고, 시를 자신의 삶의 일부로 받아들인 사람만이 할 수 있는 일이다.

신경림의 대표작인 '농무', '목계장터', '갈대', '가난한 사랑 노래' 등은 결코 시인의 관념에서 나온 시가 아니다. 시인은 가난한 삶을, 생활에 치인 상처를 시로 표현하고, 스스로 힐링하며 비슷한 처지에 있는 사람들과 시로 소통하는 자리에 항상 함께 있었다.

그야말로 자신이 좋아하는 일, 꼭 해야 할 일을 하려고 하는데 알아주는 이가 없을 때 시를 쓴 것이 아닌가 싶다. 즉 일상에서 '소통과 힐링의 시'를 쓰면서 스스로 행복한 삶을 추구했고, 그 결과로 자신을 알아주는 더 많은 사람을 만날 수 있었고, 마침내 우리 시대의 성공한 시인의 한 사람으로 우뚝 설 수 있었던 것이 아닌가 싶다.

신경림 시인은 '소통과 힐링의 시창작교실'에서 함께 하는 이들에게 나처럼 롤모델로 삼았으면 좋겠다고 적극적으로 권장하는 분이다.

시창작의 즐거움을 함께 나누길 바라며

"엄마 맘 아냐?"

첫시집에 실렸던 당신에 대한 시편들을 보고 따뜻한 미소를 지어 보이시며, 소통과 힐링의 시창작교실의 길을 열어 주셨던 어머니가 먼 길을 떠나신 지도 까마득하다.

절망의 나락에서, 수많은 불면의 밤을 함께 하며 오늘의 내가 있게 만들어준 시가 있어 행복하다.

"아무리 큰 상처도 표현해 놓고 보면 다 거기서 거기가 아니던가요? 상처를 품고 있어봤자 더 큰 병이 될 뿐이고…."

그동안 '소통과 힐링의 시창작교실'의 취지를 잘 이해하고 함께 해주신 모든 분들이 있어 정말 행복하다.

어느덧 세 번째 시집을 발간하는데 부끄럽기만 하다. 첫 번째 시집은 어머니가 함께 해주셨고, 두 번째 시집은 두 딸들이 함께 해줘서 그 기쁨으로 부끄러움을 반감할 수 있었는데, 이번 시집은 소통과 힐링의 시창작교실을 통해 함께 해주시는 분들이 많아 감출 수 없는 부끄러움만 한 가득이다.

그럼에도 불구하고 더 많은 이들이 '소통과 힐링의 시창작교실'에 더 많은 관심을 갖고 참여했으면 하는 욕심을 담아 본다. 부끄러움은 내 몫이고, 시창작을 통해 얻어가는 '소통과 힐링'의 기쁨은 독자들의 몫이라 믿으며….

2018년 신년 벽두에 이인환

오르막

숨이 차면 찰수록
이제 거의 다
오를 만큼 올랐다는
오롯이
챙기는 믿음으로

때로는 악으로 깡으로
더러는
하늘 땅 구름 보고
쉬엄쉬엄
내리막도 챙겨 보며